# Infecção Mundial:

## Apocalipse Zumbi - Um Thriller Apocalíptico

# George Craftve

"Às 2:33 da manhã acordei subitamente aterrorizada ao ver uma massa escura no canto do meu quarto a observar-me incessantemente, o medo desvaneceu-se quando vi que era o meu cão Bob, no entanto, achei invulgar que ele estivesse a rosnar para mim, depois o meu corpo congelou quando ouvi uma voz áspera atrás de mim a dizer: "não é a ti que ele está a rosnar".

**Sentir-se escuro.**

# Indice

# Prefácio

Em algum lugar secreto sob as montanhas de Austin, Texas, um grupo secreto da CIA conhecido como os exterminadores invade um laboratório de segurança máxima conhecido como UMCELL para matar todos os cientistas que faziam parte do projeto ultra-secreto do governo conhecido como ZALFA. E acidentalmente, sem querer, eles liberam um vírus abominável que se espalha descontroladamente pelo planeta. Os infectados, apesar de parecerem mortos-vivos, são extremamente perigosos e seu único objetivo é aniquilar tudo o que se move à sua frente.

O protagonista desta história é o virologista Luke Brown, de 38 anos, que vive com sua família na pequena cidade de College City, perto de Austin, Texas, e que se vê envolvido em uma história emocionante do começo ao fim quando o apocalipse é desencadeado sobre a terra...

# Capítulo 1
# Contagio

- Karly! Karly querida, vá lá, acorda! Temos de ir embora agora.
-Uma voz masculina foi subitamente ouvida a gritar à entrada do quarto daquele quarto que se iluminou durante alguns segundos e depois voltou a escurecer. Não era uma simples ordem; a julgar pelo seu tom de voz, indicava que se tratava de algo sério.

-O que é que se passa amor... porquê... tão cedo em casa, se...? -respondeu ela, hesitante, ao marido, enquanto abria os olhos sonolentos como pires. Nem sequer imaginava o que raio se estava a passar. E porque é que o marido tinha chegado tão cedo do trabalho quando tinha acabado de começar o seu turno, algo que nunca tinha feito antes. - O que é que se passa, querida, porque é que entraste a gritar assim? Assustaste-me... e já agora, onde é que queres que vá contigo a esta hora? - perguntou ela de novo, hesitante, enquanto saía da cama e se sentava na beira da cama, fazendo uma cara preocupada e exclamando: "Não me digas que a tua mãe está doente. - Naquele momento, era a única coisa lógica que podia justificar uma cena tão exagerada.

-Isso é o menos importante agora. Temos de partir o mais depressa possível. Pega numa roupa, eu vou buscar os rapazes e vou para o quarto deles. Eu espero por ti no carro, não temos muito tempo.

- Mas querida... explica-te.

-Vamos! Pára de perguntar, mulher!", sussurrou impaciente, enquanto corria por um pequeno corredor que dava para uns quartos nas traseiras, o seu semblante ansioso indicava que algo de terrível se passava, a julgar pelo seu aspecto, manchado de musgo escuro e de lama pegajosa, que se via por toda a roupa. -Não demorou mais de um minuto e meio a voltar a descer a outra escada a passo rápido, acompanhado pelos dois filhos e pela jovem, que o seguiam, absorvidos pelas estranhas acções do pai.

- Agora quero explicações, Luke. Que raio se passa, para nos acordar às dez da noite como se estivéssemos a fugir de alguma coisa? - exclamou Karly num tom furioso, enquanto se instalava no banco do passageiro da frente e as crianças ocupavam os seus lugares no banco de trás. Naquele momento, nem sequer passou pela cabeça de Karly o que estava prestes a começar.

Vamos deixar-nos de rodeios... lá atrás, apertem os cintos de segurança. Luke ordenou enquanto olhava para o espelho retrovisor e ligava o motor para acelerar para fora de College City por entre estradas interestaduais poeirentas, evitando qualquer destacamento militar que, por esta altura, estaria certamente a fazer um anel de segurança à volta do condado.

- Luke, não gosto de nada disto, estás a assustar-me com a tua atitude", negou a mulher alguns minutos depois, "além disso, porque vamos por esta estrada de terra e não pela estrada federal que vai para Austin? Não vês que é perigoso e nem sequer nos dizes isso? ....

Podes calar-te, não vês que me estás a deixar mais nervosa do que eu, e se continuas a gritar assim vamos ter um acidente? - gritou-lhe o marido, sem sequer se virar para olhar para ela. Luke nunca tinha levantado a voz à mulher em dez anos de casamento. E não o fez certamente por ser mal-educado, mas sim porque o nervosismo e a incerteza que o invadiam naquele momento aumentavam o seu medo, levando-o a agir daquela forma. O

Dodge Durango 4 x 4 seguia a toda a velocidade por uma estrada poeirenta, onde não se conseguia ver mais do que um par de metros à frente, e onde o perigo de ficar encalhado era cada vez maior. - Perdoa-me, amor. Luke sussurrou de repente, pedindo desculpa sem terminar a frase e sem olhar em frente. Karly não disse nada, e apenas o silêncio foi a sua resposta.

-Está a chegar algo de terrível. -disse ele de repente, enquanto passava a saliva, onde nem ele, que conhecia todo o enigma, sabia ao certo o que as próximas horas trariam.

-O que é que quer dizer com isso de que vem aí uma coisa terrível? - perguntou a mulher, lançando-lhe um olhar assustado, e depois voltando a olhar para a frente da estrada sombria, onde a paisagem mudava gradualmente e se tornava completamente arborizada.

# Capítulo 2

Quando sairmos da estrada, eu conto-vos tudo. -Ele declarou enquanto tirava a pistola 9mm do casaco e a colocava num pequeno coldre ao lado do volante. Não parecia nada bom para Karly, e uma preocupação no seu estômago começou a espalhar-se pelo seu corpo até se transformar em medo.

- O que é que se passa com a arma, Luke? -perguntou ela, subitamente surpreendida, pois nunca a tinha tirado de casa desde que a comprara há mais de uma década. Fizeste alguma coisa que precises de me contar, Luke? Por favor, diz-me", pediu ela de novo, mas desta vez num sussurro. - Ele continuou em silêncio, enquanto o Dodge se embrenhava cada vez mais na floresta, até que, depois de algumas estradas de terra e bifurcações, ele finalmente disse: "Não quero que se assustem com o que vou dizer lá atrás", avisou os dois jovens. - avisou os dois rapazes que não tinham mais de 10 anos e o pré-adolescente que mal se distinguiam na escuridão que reinava no interior do carro. Todos acenaram com a cabeça e depois fizeram um coro quase imperceptível de "sim, pai".

-Eles mataram toda a gente no laboratório. -Ele confessou secamente, enquanto um silêncio sórdido caiu por alguns segundos antes que um tumulto de perguntas de sua esposa ecoasse por dentro. -O que é que acabaste de dizer, Luke? O que é que queres dizer com "eles mataram"... mas quando... e quem? Explica-te. -disse ela desanimada, pensando que era tudo uma maldita piada.

-O governo dos EUA...

-Não percebo, o que queres dizer com o nosso governo? Luke, estás a brincar comigo, certo?

-Pai, cuidado! Olha o que está à tua frente. -Luke travou a fundo, fazendo com que todos eles se precipitassem para a frente e embatessem nas costas dos bancos da frente, mas sem consequências graves.

-Esses malditos veados. Quase me atiraram do penhasco. -gritou, enquanto proferia algumas maldições e vitupérios quando se apercebeu que, mais à frente, era o fim da estrada de terra batida, pois cerca de dez metros mais à frente uma espessa mancha de árvores e arbustos atravessava a estrada. -Fim da estrada. Não há mais nada a fazer senão continuar a pé. -acrescentou ele, enquanto Karly lhe lançava um olhar pouco esperançoso. Mas, para dizer a verdade, os seus receios não se concretizavam pelo que o marido viria a confessar mais tarde e pela razão da fuga.

- Jenny, Tom e Liam, peguem nas vossas mochilas e saiam do veículo. -Karly tinha ordenado, mantendo um olhar contínuo para o lado direito, onde se estendia a área arborizada mais próxima e a partir da qual a escuridão a envolvia. Luke tinha saído e caminhado em direcção à borda do penhasco que começava a cerca de quatro metros do lado esquerdo da estrada. E embora tentasse ver o fim, não conseguia, mas era sem dúvida muito profundo, e descer não era uma opção muito viável.

-O que é que se passa, pai? -Luke não respondeu, apenas se virou e dirigiu-se para o Dodge, ligou-o, virou o volante para o lado da falésia e tirou o travão de mão. Esta acção fez com que o Dodge começasse a mover-se lentamente para a frente, apenas para cair quatro metros mais abaixo no abismo do penhasco.

- Isto é a última gota", disse Karly, levando as mãos à cabeça, "estás a perder a cabeça. O carro ainda nem sequer é nosso, devemos dois anos ao concessionário e..., porque é que fizeste isso, Luke?

-Tenha calma, querida! Se deixássemos o veículo aqui, rapidamente nos localizariam. Pelo menos, se o encontrarem no fundo deste penhasco, pensarão duas coisas: primeiro, que perdemos o controlo e caímos de cara no abismo, e segundo, que provavelmente fomos para sul ou leste. E talvez desistam, embora eu duvide.

Ninguém da sua querida família sabia o que Luke andava a fazer e em que ensaios e experiências de laboratório tinha participado, e essa era a "principal razão" pela qual estavam a fugir com tanta pressa.

Luke Brown, 38 anos, era um importante e respeitado virologista que trabalhava como um dos principais testadores de um laboratório conhecido como U.M.C.C.E.L.L., que era operado pela Agência Central de Inteligência (CIA) como um segredo de segurança máximo e nem mesmo outras agências como o FBI sabiam da sua existência, excepto a presidência, mas também não sabia muito sobre a sua localização. A Umcell era uma pequena empresa farmacêutica de nível de biossegurança 9, a mais alta do seu género gerida pelo governo dos EUA. Ali eram realizadas experiências de todos os tipos, essencialmente para guerra biológica. Claro que aqui não havia leis internacionais contra a experimentação humana.

# Capítulo 3

Luke e a sua família não precisaram de mais do que alguns minutos para perceberem para onde estavam a ir. Assim, começaram a caminhar na escuridão total para o lado direito onde começava a floresta mais próxima, guiados apenas pela luz da lua cheia. Por volta das onze horas, e já bem dentro das profundezas da floresta, pararam para recarregar as baterias.

Passadas cerca de duas horas, Karly e Luke acordaram e, com cuidado, para não acordarem as crianças, saíram da gruta isolada onde se tinham refugiado algumas horas antes. Tinham de falar sobre a razão pela qual estavam a fugir, e nada melhor do que estarem sozinhos. À distância, as suas sombras mal se vislumbravam sob a lua cheia, que estava a ser escondida por nuvens espessas. Pelo menos por enquanto, ali teriam alguma segurança para falar como marido e mulher.

-As crianças estão a dormir... Agora, Lucas, quero que me contes o que se passa", disse a mulher num tom desanimado, quase suplicante. -Pediu à sua mulher consternada, quase em tom de súplica, que lhe contasse tudo. Ele olhou para ela e acenou com a cabeça.

-Todo este tempo estive a trabalhar num laboratório dirigido pelo governo dos Estados Unidos. -confessou ele, envergonhado, com os olhos fixos no horizonte, que não era mais do que uma escuridão abismal e manchas escuras das próprias árvores.

-E eu que pensava que éramos um casal a sério. Tens confiança em mim, Luke. Nunca me disseste nada. Vejo que é assim que confias em mim. -Resmungou ela irritada, enquanto ele tentava desculpar-se e pedir desculpa em voz baixa para não acordar as crianças.

-O que se passa é que sempre trabalhei em assuntos secretos, mas nada de extraordinário, excepto que nos últimos nove meses uma equipa de cerca de quarenta virologistas, biólogos e geneticistas foi transferida para uma área secreta nas montanhas de Austin com o único propósito de criar, experimentar e estudar alguns dos vírus mais perigosos do planeta.

- Isto... não acredito nisto, Luke. Não pode ser! -disse ela hesitante, um pouco mais calma depois de ouvir a última palavra.

Era por isso que ele estava sempre ausente de casa, e lembras-te de como te ressentias do seu excesso de trabalho? No início, apenas nos disseram que a criação de vírus altamente perigosos seria exclusivamente para a investigação e cura das chamadas doenças crónicas que davam dores de cabeça ao governo devido ao elevado custo do seu tratamento. E que, de acordo com as últimas investigações, a chave eram os vírus e a genética. Em princípio, tudo era lógico, estava de acordo e, como era de esperar, ninguém se queixou. Quando comecei, apesar de ser o chefe da experimentação, para dizer a verdade, não sabia quem estava por detrás de tudo, a Umcell ou o governo, mas que agência? Mas um mês depois descobri que quem financiava e se encarregava da segurança de todo o projecto era uma ala, um grupo secreto da própria CIA, desconhecido do mundo.

E assim se passaram os dias e as semanas, até que um dia conseguimos criar um vírus sintético particularmente singular, baseado no vírus k1 da raiva, exclusivamente administrado aos morcegos-cascadores. O resultado final foi assustador, de facto aterrador.

- Mas, Luke, o que é que temos a ver com... disse há umas horas que eles mataram toda a gente, mas porquê?

-Foi por isso que não lhe pude contar na altura. Estávamos proibidos de contar qualquer coisa sobre o projecto, sob pena de morte, mesmo que fosse o nosso cônjuge. E até gravaram o nosso acordo na câmara, dizendo que se violássemos esse acordo seríamos mortos juntamente com as nossas famílias. Naquela altura, não havia maneira de sair do projecto enquanto não estivesse terminado, quer dizer, naquela altura não sabíamos onde ia acabar. -Luke confessou, tão perturbado que até as suas mãos começaram a tremer como se estivesse a sentir um frio terrível.

- Meu Deus! - exclamou ela, a ponto de se aproximar dele e de o abraçar, tentando de alguma forma encorajar-se e consolar-se, embora não soubesse toda a verdade. Ficaram ali durante alguns minutos sem dizer uma palavra, até que Luke decidiu continuar, porque também não podiam ficar ali toda a noite.

# Capítulo 4

-Como lhe dizia no início, tudo parecia estar de acordo com os procedimentos que costumo seguir em experiências desse tipo, até que uma noite, no meu turno, chegou um grupo de assalto, vestido inteiramente de preto, provavelmente do tal grupo da CIA de que lhe falei. Não vieram sozinhos, trouxeram consigo pessoas algemadas, vendadas e com os olhos vendados. Pessoas inocentes contra a sua vontade... com o único objectivo de testar a nova série de vírus que tínhamos criado, incluindo o vírus da raiva sintetizado, conhecido como vírus Zalfa.

Mal posso acreditar nisto, Luke... Sei que é um virologista que sempre trabalhou no sector privado e, de repente, isto... não, diga-me que é uma maldita brincadeira, por favor... um daqueles reality shows em que há uma câmara escondida, vá lá, diga-me isso! -disse ele, levantando ligeiramente a voz enquanto olhava em volta como se esperasse ver um cúmplice da partida, mas nada. Por favor, Luke, eu conheço-te bem, tenho a certeza que tem a ver com o facto de estarmos casados há dez anos, isso é uma tolice, não é? -perguntou de novo, enquanto um ligeiro sorriso nervoso escapava, como se tentasse convencer-se a si próprio: -claro, tem a ver com o nosso aniversário, tenciono...

-Quem me dera que assim fosse, minha querida. Mas lamento dizer que o que lhe estou a contar não é uma brincadeira de nenhum tipo. -respondeu ele, notoriamente convencido, que à vista disso se conteve para não responder. - Quando nos pediram para fazer experiências em seres humanos, a maior parte deles, se não todos, recusou. Do ponto de vista da ética, da moral e dos acordos internacionais, o que nos pediam era inconcebível.

Mas quando recusámos, 5 membros foram mortos à nossa frente, e isso era claramente uma ameaça se recusássemos. Essa noite foi um antes e um depois, apercebemo-nos realmente do perigo de termos concordado em trabalhar para eles. Por isso, não tivemos outra escolha senão começar os testes em humanos, e o que pensávamos que ia acontecer não aconteceu... para além do engodo que o governo dos EUA usou para nos convencer a aceitar, com a história de criar "a cura" para muitas doenças degenerativas, o que eles realmente pretendiam; era a criação de armas biológicas, mas algo correu mal... é terrível lembrarmo-nos disso...", disse sem terminar a frase, enquanto a sua voz se embargava devido ao medo intenso que lhe provocava imaginar o que poderia acontecer a toda a sua família se fossem descobertos. - Quando lhes demos a primeira dose do vírus Zalfa, como era conhecido, não aconteceu absolutamente nada às pessoas nas primeiras 24 horas. Mas o pesadelo chegou 5 horas depois. Estas pessoas inocentes a quem foi administrado o agente nocivo sofreram uma mutação nunca antes vista e teoricamente impossível. Apareceu algo completamente arrepiante. -Luke confessou, contorcendo-se com a angústia que se abateu sobre ele.

-É difícil entender isto, mas Luke. Se tudo isso que me está a dizer não é realmente produzido pelo governo, bem pelas agências conhecidas por todos, não entendo porque fugimos daqueles... disse que eles mataram por lá, em teoria eles deveriam ser punidos pela lei, não acha? -disse a sua mulher sem receber resposta imediata.

-Infelizmente, não é assim que as coisas funcionam. A CIA controla tudo. Mas isso não é tudo o que me preocupa agora. De todos os vírus que conheci nos meus mais de 18 anos de experiência, posso garantir-vos que não há nenhum outro vírus tão extremamente perigoso para os humanos como este que está a chegar. -disse o cientista de forma sucinta.

-Gostava de não saber mais, mas porque é que diz que é tão perigoso que está a chegar, o que é que quer dizer especificamente? -perguntou de novo, consternada. Não era fácil assimilar todas as verdades que o marido lhe revelava.

-Algo correu mal. Numa área do vírus algo sofreu uma mutação e... nos ratos que usámos para os testes, muitos vírus geneticamente modificados funcionaram para além de serem armas biológicas altamente eficazes, também ajudaram algumas doenças crónicas, mas sabíamos que isso não interessava ao governo para desenvolver. A eficácia mortal de alguns dos vírus criados era de 100% e, na sua maioria, muito fáceis de usar e extremamente contagiosos, juntamente com os seus efeitos letais invisíveis, mas não passavam disso mesmo em animais. Mas quando começámos a utilizá-los em humanos, aconteceu algo teoricamente impossível a nível celular, transformando todos os zero doentes em monstruosidades que deixaram toda a equipa estupefacta. Não sabíamos porque é que tinha sofrido uma mutação quando foi utilizado em humanos. Foi demasiado fortuito. Porque, antes disso, tinham sido feitos mais de mil testes em células sanguíneas utilizando a estirpe Zalfa original e as alterações que provocava em algumas doenças, como o cancro, era interromper a replicação de células anormais em poucos minutos. Noutros casos, a estimulação de certas zonas do vírus conferia às células humanas uma resistência e, se o vírus fosse utilizado como arma biológica, causava estragos desde uma inflamação brutal até à morte da célula em segundos, o que num indivíduo seria a morte em minutos. Mas na prática controlada não se agravava. Portanto, era um pouco anormal que algo daquela magnitude acontecesse, matematicamente um em 10 biliões. Mas quando foi inoculado no sistema celular de pessoas vivas, tudo ficou fora de controlo, e o vírus começou a sofrer mutações demoníacas. Não consigo encontrar as palavras certas para a situação", Karly ficou atónita ao ouvir aquilo, apenas sussurrando o nome do marido, mas sem saber o que perguntar naquele momento. Por causa do medo terrível que começava a apoderar-se dela, desta vez de uma forma diferente.

# Capítulo 5

Não há muitos estudos sobre o seu funcionamento, mas pelo que pudemos estudar, destrói todas as células estaminais do cérebro em menos de vinte e oito horas, porque apaga totalmente a cabeça da pessoa, esquece as memórias, toda a sua vida, excepto as funções psicomotoras. Independentemente da sua personalidade, tornam-se bestas raivosas sem qualquer razão, com apenas uma coisa na cabeça: matar tudo o que é diferente do seu cheiro e da sua espécie. Para vos dar uma imagem mental do que estou a falar. São parecidos com os zombies para que tanto olhavam..., parecidos sim, pelo menos fisicamente, mas o seu comportamento é muito mais arrepiante e aterrador e são muito mais rápidos e perigosos. Em suma, seriam os alfas dos zombies, se existissem fictícios. -Das trinta pessoas que levaram contra a sua vontade para o laboratório, apercebemo-nos de que o vírus Zalfa lhes dava uma força extraordinária, pelo menos quatro vezes superior à de uma pessoa normal, para além da sua velocidade, e isso sobretudo porque o vírus em questão acelerava furiosamente a reprodução celular a níveis teoricamente impossíveis, e não sabemos a causa. E é isso que lhes dá as características temidas. Simplificando: eles não se cansam, e mesmo que tenham um aspecto doentio, escuro, morto e cadavérico, isso faz parte da sua natureza. A maioria das abominações tem uma necrose acentuada na pele que se vai acentuando até parar, dando-lhes um aspecto grotesco e diabólico, com caninos ligeiramente aumentados e afiados, devido à violenta reprodução celular nas células ósseas, e uma resistência pouco comum nos seres vivos. Quer dizer, mesmo que se esvazie o carregador nos seus corpos, eles caem, mas voltam a levantar-se, o que os torna invulgarmente perigosos.

-Quando realizámos com sucesso os ensaios em humanos e os resultados foram apresentados aos responsáveis máximos do governo, eles encomendaram um grupo de prisioneiros, talvez da prisão de segurança máxima de Austin, Texas, e foram atirados para a secção de contenção de segurança máxima, e aquelas criaturas mataram-nos... foi terrível como algumas daquelas coisas mataram de uma forma indescritível mais de setenta condenados que choravam pelas suas vidas atrás da blindagem protectora. Após a cena brutal, restavam apenas os restos de corpos mutilados e sangue espalhado por toda a sala de contenção. Depois da cena macabra, toda a equipa permaneceu em silêncio, enquanto observávamos aterrorizados, através da janela de protecção, as criaturas diabólicas tentarem vir ferozmente na nossa direcção, batendo com a cabeça contra o vidro blindado.

Infelizmente, o vírus Zalpha continha algo único que não sabíamos na altura, e que era o facto de ter um poder de contágio não natural de 100%. Quase todos os assistentes que administraram a vacina aos dois grupos foram rapidamente infectados, pelo que tiveram de ser imediatamente isolados em secções especiais do complexo. E, naturalmente, como era de esperar, a ala secreta da CIA entrou em acção para fazer o seu trabalho e exterminá-los. Nenhum deles foi deixado vivo antes de serem transformados nestas coisas. Pelo que pudemos estudar, quando alguém é infectado, nas primeiras 5 horas começa a apresentar comportamentos anormais, tais como comportamentos erráticos e agressivos, juntamente com uma febre brutal, praticamente esses sintomas são os primeiros a manifestar-se. Mas não é só isso...

Diz-me que estou a sonhar, Luke. E se não, como esperas que saiamos deste lugar a meio da noite? Não quero ficar aqui, tenho medo que nos encontrem. -Sussurrou ela, visivelmente mais resignada do que aterrorizada.

Acalma-te, querida, eles não nos vão encontrar... Não digo isto para te deixar ansiosa, mas para te avisar do que está para vir, para que possamos sair desta situação.

Como eu estava a dizer, depois de termos dado aos humanos o vírus Zalpha, aconteceu o impensável, pelo menos o que acreditávamos biologicamente; houve algumas mutações anormais em alguns genes que codificavam algumas proteínas para a regeneração, e o vírus transformou-se numa nova estirpe. Os infectados com esta nova estirpe tornaram-se criaturas aberrantes, muito mais perigosas e instáveis, acrescentando as suas características físicas mais macabras. A adição de um comportamento canibal tornou impossível que ambos os infectados pelo vírus Zalfa original se tolerassem uns aos outros. Infelizmente, ambas as estirpes são demasiado virulentas e, sem querer assustar-vos, mas, Deus nos livre, vem aí uma pandemia mundial! disse ele com mais calma, pois é óbvio que contar tudo à mulher o ajudava a animar-se, mas a incerteza ainda o envolvia. Numa situação destas, ninguém estaria calmo. Depois acrescentou - para responder concretamente ao que me perguntaste sobre o porquê de termos fugido se podíamos ir fazer queixa, é simples; não te queria dizer, mas...

- Não quero continuar a ouvir o Luke, isto está para além do meu nível de intriga. -Karly comentou hesitante enquanto levava as mãos à cara, como se quisesse acordar do pesadelo. Mas foi momentâneo, porque ela foi rápida a fazer uma pergunta, embora o fizesse esperando que o marido não lhe respondesse.

-Não me digas que esse disparate dos vídeos de controlo do mundo e todas essas coisas malucas estão a tornar-se realidade?

# Capítulo 6

- Não sei, mas... Provavelmente, pessoas de topo de alguma agência secreta ou da CIA revelaram-se aos planos, e planearam isto à última hora, obviamente com a cobertura da nossa descoberta. Eles sabiam que seriam imparáveis. E esta informação que vos estou a contar, soube-a algumas noites antes de tudo isto começar. Uma manhã, quando vinha do trabalho para casa, na auto-estrada interestadual que atravessa a floresta, alguém entrou no meu telemóvel, ou sei lá o quê, mas foi interceptado, e deixou-me uma mensagem bastante perturbadora. Não consegui dormir nesse dia, perguntando-me porquê eu e não outra pessoa? Para dizer a verdade, não tenho uma explicação conclusiva, mas, logicamente, deve ter sido porque eu estava encarregue da área de ensaios para criar uma vacina que pudesse parar o processo celular progressivo assim que o vírus Zalpha 1 e 2 se fixasse nas células cerebrais. Naturalmente, este acidente fortuito não foi planeado, mas, no entanto, devido ao risco, foi-nos imediatamente pedido que criássemos um antídoto para o caso de ser necessário. Normalmente, os vírus sintéticos são criados ao mesmo tempo que os antídotos, porque nunca se sabe como vão actuar. Por isso, esforçámo-nos por encontrar uma cura. Logicamente, elas só estariam disponíveis para a elite.

-E o que é que dizia a mensagem que o Luke deixou?

-Ele não me disse porque é que o estavam a fazer, mas pelo senso comum e pela lógica, imagino que seja para reduzir toda a gente. Em suma, a mensagem era mais ou menos assim, numa voz editada: "Tens de fugir com a cura. Quando eles começarem a infectar incontrolavelmente os civis, nada poderá impedir o Armagedão. Tu serás o único que poderá, pelo menos, salvar os humanos da extinção. Tudo isto foi planeado, é apenas uma questão de tempo até que a civilização tal como a conhecemos se desmorone. Quem ordenou isto é ... (*interrupção do sinal*). É por isso que vos peço que não apareçam nos próximos dias, porque eles vão ser mortos, eu sei porque faço parte dos que vão, a CIA, mas não sou igual a eles. Oiçam-me. - É disto que me lembro. Eu mostrava-lha, mas quando acabei de a ouvir, desapareceu, acho que ele a apagou. No início, pensei que era uma maldita piada, mas... pelo que já tinha visto, tinha de ser verdade. E, em retrospectiva, aquela voz misteriosa tinha toda a razão. -Ele parecia perdido em pensamentos, possivelmente recordando o que tinha vivido há algumas horas, ou talvez a incerteza de ser apanhado a qualquer momento. A mulher não disse nada, apenas manteve os olhos nele, como se tentasse assimilar o que não era normal.

-Quando vínhamos para cá, disse que todos os que estavam no local tinham sido mortos, e como é que conseguiu escapar?

-Sempre que ia trabalhar à noite, costumava seguir por atalhos ao longo de algumas bifurcações da estrada de terra batida nas profundezas da floresta do condado de Luge, que me era ordenado seguir de tempos a tempos. Havia algumas partes da estrada em que me mandavam apagar as luzes do carro, pelo que era quase impossível reconhecer o caminho através da floresta densa, embora conseguisse obviamente saber onde estava. Nesse momento, aparecia sempre à minha frente um carro preto com uma única luz acesa no interior e, depois, no meu telemóvel, ordenavam-me que deixasse o carro debaixo de um pequeno barracão no interior de uma montanha, obviamente construído pelo governo. Depois, percorri um troço de talvez 350 metros, ajudado por uma lanterna. Sempre à frente, ouvia os passos, atento para não me desviar e para conhecer a geografia do local. Cheguei então à entrada do bunker subterrâneo onde fui minuciosamente inspeccionado por homens de negro.

Parece que foi há minutos que cheguei ao trabalho e, apesar da mensagem perturbadora, pensei que seria apenas mais um turno. Percorri algumas secções do complexo e alguns elevadores até chegar à minha secção de trabalho; a área de testes, e estava a escrever algo num formulário quando o pesadelo começou, talvez às oito e quarenta. Um grupo vestido de preto, com balaclavas e espingardas de assalto, entrou por alguns corredores e começou a disparar indiscriminadamente, independentemente do estatuto dos cientistas. Eu estava habituado a estar na unidade A32 à minha frente, onde estavam a matar toda a gente, por isso tive alguns segundos para correr em pânico por um corredor cheio de portas de segurança, enquanto os homens atrás de mim disparavam e as portas que tinham um atraso de alguns segundos na confirmação da identidade se abriam e fechavam, salvando a minha vida naqueles momentos críticos. O melhor que pude, consegui chegar às zonas de ventilação que possivelmente comunicavam com o exterior. Ouvia-se os passos deles nas outras secções e os gritos aterrorizados dos camaradas que estavam a ser mortos à volta da secção em U, que logicamente foi através dessa forma em U que consegui escapar, porque a CIA não entrava pelo lado esquerdo. Como eu conhecia perfeitamente todo o complexo, com o meu acesso de identidade consegui chegar ao último pequeno corredor à esquerda que conduzia à zona de resíduos tóxicos onde o risco de apanhar vírus ou bactérias de todo o tipo era altamente arriscado, para além das duas novas estirpes de zombies. Eu estava bem ciente do risco, mas graças ao meu fato protector de biossegurança consegui sair, penso eu, limpo. Comecei imediatamente a desapertar, o mais depressa que podia, uma espécie de compartimentos que davam acesso ao exterior, como se fossem tubos onde só se podia passar retirando as protecções e desligando o filtro. Embora os agentes da CIA usassem fatos especiais para andar nas zonas não perigosas do bunker, tiveram de colocar uma protecção extra para entrar, obviamente na secção onde eu estava, tempo que não perdi e escapei.

Notoriamente perturbada, Karly sentou-se numa rocha. Ficar de pé era desconfortável depois de saber aquilo por que o seu amado Luke tinha passado. -Quando finalmente estava prestes a sair, senti um cheiro horrível e parei por um segundo e, ao fundo, conseguia ver pedaços de sacos pretos que eram provavelmente os cadáveres daquelas coisas maléficas. Quando finalmente consegui sair, através de uma espécie de tubo de ventilação, e apesar do medo extremo que sentia, comecei a descer freneticamente a parede rochosa na parte de trás da montanha que era a parte de trás do complexo. Por algumas vezes quase me matei ao escorregar no musgo negro que predominava nalgumas zonas e que era a razão pela qual a minha roupa estava manchada quando cheguei. Em apenas cinquenta segundos, e com o perigo que isso acarretava, consegui chegar ao fundo sem grandes percalços, graças a Deus. Um erro que cometi foi não ter tirado o fato de biossegurança no topo, mas mesmo assim esperava não o ter apanhado. Quando desci as escadas, tirei-o cuidadosamente e deixei-o à beira de um riacho. Esqueci-me de muitos mais pormenores devido ao meu choque e ao pavor que sentia na altura.

De repente, ouviu-se uma matilha de cães na zona alta da montanha, enquanto eu corria com todas as minhas forças na escuridão daquele local arborizado. Nos minutos que tinham passado desde a minha fuga do complexo, a ala da guarda da CIA tinha muito provavelmente informado os superiores, fossem eles quem fossem, que alguém tinha escapado, pelo que provavelmente já estavam mortos devido à sua incompetência. Felizmente, não passei muitos minutos a correr quando cheguei à principal auto-estrada federal que conduzia a College City. Para minha surpresa, ainda não havia soldados à vista e avistei um veículo civil que se aproximava, ao qual não hesitei em pedir boleia. Claro que receei que já houvesse um destacamento à minha frente a controlar os carros, mas isso não aconteceu. E, por isso, consegui chegar rapidamente a casa. Se o veículo do agricultor não tivesse passado, ter-me-iam apanhado rapidamente.

-Não pode ser amor, meu Deus, que horror ouvir isso e muito mais de ti! -murmurou de novo a mulher, levando as mãos ao rosto. Era evidentemente perturbador para o seu espírito ter ouvido tudo aquilo, especialmente a última parte. - Então, Luke, agora que sei tudo isto, para onde tencionas ir? Logicamente, se não nos encontrarem esta noite, amanhã estarão a vasculhar o local com as suas mochilas e...

-Não te preocupes, já pensei nisso, por isso é que é vital sairmos daqui esta noite. Porque se não nos encontrarem, teremos tempo para nos escondermos muito bem a oeste quando tudo começar a desmoronar, há muitas aldeias abandonadas nessas zonas...

Compreendo o Luke, mas assusta-me... como é que vamos alimentar os nossos filhos e, ao mesmo tempo, vigiar o tu-sabes-o-quê?

-Isso é o de menos, o importante agora é sair desta maldita floresta o mais rápido possível. Porque não é preciso dizer que se nos encontrarem o que é que nos vão fazer. Mas ainda temos tempo, vamos descansar por meia hora e assim que estivermos descansados seguimos depressa para a 043, que passa perto desta floresta e já não é muito utilizada. -disse Lucas enquanto abraçava a sua mulher e se dirigia para a gruta onde os seus filhos dormiam sob os poucos reflexos da lua cheia que se viam.

Na altura, a CIA e alguns altos funcionários do governo queriam Luke Brown morto por todos os meios necessários, talvez por receio de que ele revelasse informações ao mundo. No entanto, com o passar das horas, isso tornou-se cada vez menos provável, uma vez que os satélites dos EUA foram imediatamente pirateados e todos os serviços foram suspensos, deixando o país mais poderoso do mundo sem comunicações, tanto internas como externas, durante as 12 horas seguintes. Uma coisa que Luke não mencionou à sua mulher, no entanto, foi que a principal preocupação dos mentores que queriam provocar um apocalipse global era que nas suas mãos estava a cura, o principal e único antídoto que funcionava, e do qual ele era o principal criador. E ele tinha-a no seu casaco, num pequeno estojo. Eles queriam tê-la nas mãos para o caso de serem infectados. Porque as estirpes 1 e 2 eram transmitidas por mordeduras e secreções corporais, como a saliva e o sangue.

O antídoto que Luke criou era capaz de desenvolver uma tremenda resposta imunitária até 97,5% eficaz, mesmo depois de ter sido exposto durante mais de duas horas. A resposta era muito invasiva, mas podia reverter celularmente o vírus Zalpha desde que não ultrapassasse as duas horas de exposição, pois se fosse administrado mais de 5 horas após a infecção, reverteria, mas deixaria graves sequelas. No entanto, embora Luke conhecesse o processo para fazer a vacina em grandes quantidades, era impossível que isso acontecesse num futuro próximo, porque ele não teria as instalações necessárias para a fabricar. Nessa altura já não importava, porque era apenas uma questão de horas ou dias até que o colapso global começasse.

# Capítulo 7
# Desaparecimento

-Vamos lá crianças! Hora de ir! - Karly ordenou enquanto os abanava, tentando levantá-los e eles estavam relutantes em levantar-se.

-Mamã, estou com sono", disse uma das crianças mais novas.

-Desculpa, querida, mas não podemos ficar aqui muito mais tempo. Vamos! Está na hora. Despachem-se.

- Mas a mamã, agora? - disse o Tomás, queixoso, enquanto dava um ligeiro bocejo.

-Sim, ouviste a tua mãe, vamos! -Luke tinha ordenado, enquanto pendurava duas mochilas ao ombro e começava a sair.

Com a ajuda de uma aplicação no seu telemóvel que mostrava um mapa pouco detalhado, Luke e a sua família aceleraram durante horas através da floresta, tentando abrir caminho e chegar o mais rapidamente possível à gigantesca floresta de Houston Texas, uma das maiores dos Estados Unidos, que se estendia por mais de 80 quilómetros de ponta a ponta e onde se encontravam cidades fantasma. E tinham escolhido aquele lugar entre Luciana e a fronteira do Texas porque era um sítio isolado onde seria mais fácil evitar o apocalipse que se aproximava. No entanto, para dizer a verdade, nada naquele ponto era certo de acontecer, porque nessa altura era provável que houvesse postos de controlo militar em todas as estradas do estado.

Quando finalmente chegaram à Interstate 043, em modo paisagem de leste para oeste, por sorte avistaram um enorme camião de carga que lhes ia passar à frente. Apesar do enorme risco que corriam, não hesitaram em pedir boleia com a desculpa de que o seu carro estava retido do outro lado da floresta. O motorista, sem a mínima noção do que era conduzir o homem e a sua família, não hesitou em deixá-los entrar e deixá-los perto da já referida floresta de San Houston, onde só conduziriam durante cerca de três horas em estradas de terra batida e solitárias, antes de percorrerem mais de 80 quilómetros nas profundezas da floresta.

Por volta das quatro e meia da manhã, tinham conseguido fazer a proeza, apesar do cansaço, de chegar à imensa floresta onde predominava a vegetação densa, aspecto que muito os favorecia na situação em que se encontravam.

O que Luke desconhecia na altura era que, nas últimas doze horas, devido à virulência do agente patogénico, o caos tinha começado, e não apenas em Austin, na faculdade, mas nas principais cidades dos Estados Unidos, e era apenas uma questão de tempo até começar a nível mundial. Quinze horas antes, quando quase foi morto dentro do complexo Umcell, como era conhecido, horas mais tarde todo o pessoal de segurança e os agentes da CIA foram, sem saber, infectados com as duas estirpes do vírus Zalpha, e assim, involuntariamente, durante as 15 horas seguintes, infectaram milhares e milhares de pessoas. A partir daí, a cadeia de transmissão continuou a varrer violentamente e sem controlo diferentes cidades. Nesta altura, os líderes que inicialmente queriam provocar o apocalipse nem sequer tiveram tempo para o planear, porque o Armagedão começou mais cedo e apanhou-os desprevenidos. Quinze horas após a propagação da pandemia, o alto comando do Pentágono e da CIA deu a ordem de libertar o exército para matar todas as pessoas que apresentavam os sintomas iniciais conhecidos de antemão e outros que apareceram subitamente, tais como: espumar pela boca, psicose violenta e mudanças anormais na cor da pele.

A desordem reinava e a anarquia começava a instalar-se. As pessoas não faziam ideia do que se estava a passar. Bastaram apenas algumas horas para que Austin, no Texas, fosse infectada e começasse uma sangrenta guerra de sobrevivência entre as pessoas e os mortos-vivos. O contágio foi tal que as horas seguintes foram suficientes para as criaturas espalharem o terror por todo o estado. Infelizmente, aqueles que tinham sido enviados para as fontes de infecção não conseguiram conter as abominações e o contágio. Com o passar das horas e dos dias, o número de militares para esta missão foi diminuindo, pois começaram a ficar tão infectados que foram desaparecendo aos poucos. Foram necessárias apenas algumas semanas para que o contágio local cobrisse toda a nação e, apesar de alguns cientistas alertarem o mundo para fechar as fronteiras, não foi suficiente para o impedir, pois já tinha passado pelas fronteiras horas antes. E era apenas uma questão de tempo até que o terror se espalhasse pelo globo.

Um agente altamente letal e desconhecido estava a iniciar uma pandemia global e não pararia, talvez, até infectar o último ser vivo na Terra.

Com o passar das semanas, o número de pessoas começou a diminuir freneticamente em todos os continentes, dando lugar a uma nova raça blasfema e pútrida que simplesmente devorava tudo o que encontrava pela frente.

# Capítulo 8

Luke e a sua família conseguiram chegar em segurança à fronteira de Luciana após alguns dias, apenas para encontrar uma aldeia abandonada chamada Babel no alto de uma montanha. Ideal para sobreviver ao apocalipse zombie que estava a acontecer na maioria dos países do planeta. Instalaram-se numa enorme e velha casa de madeira nos limites da cidade fantasma. Felizmente, nos guarda-roupas empoeirados daquela casa encontraram um par de velhas espingardas calibre .16 e algumas munições que seriam muito úteis para tentar sobreviver caso as criaturas chegassem.

-Sinto falta da nossa antiga vida, Luke. Karly comentou na beira da varanda do segundo andar da casa, onde podia observar qualquer coisa que tentasse se aproximar pela estrada estreita e pedregosa que era a única que levava à pequena vila de não mais de 60 casas ao longo de uma longa viela.

- Sim, amor, receio que nunca mais voltemos a essa vida, mas pelo menos devemos estar gratos por ainda estarmos vivos. -respondeu, enquanto segurava o par de caçadeiras de calibre 16 que não pensaria duas vezes em disparar se visse de perto aquelas malditas coisas furiosas. Os seus filhos brincavam despreocupadamente no último quarto que dava para a varanda, como se nada de grave estivesse a acontecer no mundo.

-Segundo a única rádio activa que recebemos, estas coisas infectaram todos os continentes, e acho que sabem o que isso significa, não sabem? Que num dia qualquer, essas malditas coisas podem aparecer e...

-Nem sequer queria pensar nisso, mas, para ser sincero, temos de encarar a ideia de que podem vir a ser um pesadelo terrível. Deus queira que não se torne realidade. - comentou desta vez, mantendo o dedo no gatilho da arma, e empurrando-se ansiosamente para cima de uma velha cadeira de baloiço. Karly esperou em silêncio, mergulhada em pensamentos, imaginando o futuro negro da sua família naquele mundo infestado de feras horrendas que só pensavam em arrancar-nos a cabeça. Um futuro que, mesmo nos seus piores pesadelos, ela nunca imaginou fazer parte.

Alguns meses mais tarde, o que Luke e Karly mais temiam tornou-se realidade na sua nova residência. A casa de madeira de dois andares estava cercada por estas criaturas semelhantes a zombies, mas com um aspecto cem vezes mais aterrador e maléfico. E, como é sabido, não vieram com boas intenções, antes pelo contrário: vieram para os devorar ou, na melhor das hipóteses, para os infectar.

Dispara-lhes, Karly! Não hesites em fazê-lo. - gritava Lucas em desespero, barricado no topo da varanda, enquanto disparava vezes sem conta contra as cabeças das entidades maléficas, como ele lhes chamava. À medida que a batalha se prolongava, começaram lentamente a ficar sem balas, até que chegaram ao ponto de se resignarem ao fim de tudo. Sabiam que não havia muito que pudessem fazer contra aquelas coisas. Assim, Luke reuniu toda a sua família no limiar da velha varanda e fez-lhes saber o que sentia e o quanto os amava, sem esquecer o seu último adeus:

"Hoje 31 de Dezembro de 2037, graças a Deus pudemos celebrar a nossa última noite juntos. Infelizmente a vida é assim, dentro de alguns segundos estaremos separados, por um curto período de tempo na escuridão total, mas quando as abrirmos acreditem em mim meus filhos; não haverá mais infelicidade, aí seremos felizes para sempre, para nunca mais nos separarmos".

Segundos depois de terem dito aquelas palavras melancólicas, tristes e cheias de amor: a família Brown decidiu suicidar-se, atirando-se das grades da varanda. Quando as coisas finalmente se abateram sobre eles, felizmente já tinham falecido e não teriam de passar pela agonia atormentadora de serem infectados. Luke Brown e a sua querida família faleceram a 31 de Dezembro de 2037. Na mala esquerda do virologista estava a cura para o vírus Zalfa. Infelizmente, nessa altura já não havia esperança. Em grande parte porque o vírus tinha sofrido uma mutação para novas estirpes, mais letais e perigosas. Agora, não só os humanos estavam infectados, mas todos os animais terrestres e marinhos estavam à sua mercê. Nesta altura, era quase impossível fazer alguma coisa, apenas aqueles que se tinham refugiado em bunkers subterrâneos tinham alguma segurança, desde que não ficassem sem comida.

Os líderes, aqueles que tinham iniciado todo o projecto de armas biológicas e que, depois de verem o poder colossal da vacina para a usarem contra a humanidade, tinham sido na sua maioria infectados ou devorados e, na melhor das hipóteses, talvez andassem agora como mortos vivos. Em poucos meses, os governos tinham deixado de existir na face do mundo. E o apocalipse estava a começar o seu reinado...

# Capítulo 9

Cinco longos anos depois de cem por cento das espécies do planeta terem sido infectadas com o vírus Zalpha e as suas variantes, um grupo de militares chineses de alta patente, que tinham sobrevivido em alguns bunkers subterrâneos, lançou a operação Final, que consistia em lançar a maior parte do arsenal nuclear que ainda podia ser activado nestas coisas. O impacto da operação termonuclear foi tão colossal que, a partir do espaço, era possível ver os danos brutais na crosta terrestre e, quando as explosões pararam, deixaram um cenário apocalíptico, onde toda a vida na terra e no mar deixou de existir. Os poucos remanescentes humanos que ficaram debaixo dos bunkers, se é que conseguiram sobreviver, terão de ser muito pacientes até que a Terra se possa regenerar dentro de milhares de anos...

*Muito* obrigado

# Capítulo 10
# Nas suas pegadas

*Uma história baseada em factos reais*

A mente de Herny Racher estava numa espécie de looping depois de saber que o amor da sua vida na Internet lhe tinha confessado que tinha jogado todos aqueles cinco anos com ele, e que só o tinha feito para que ele não se matasse quando o conheceu naquela maldita sala de chat em depressão, mas que nunca olhou para ele como um namorado. Que o perdoava, mas que agora era feliz com o seu companheiro.

As lágrimas corriam-lhe pelas faces em gotas, mas por dentro a sua alma estava a fragmentar-se em mil pedaços. Uma parte dele queria pensar racionalmente, mas uma parte mais sombria dele estava a correr para ele e a exigir justiça. No entanto, por muito que tentasse durante anos, não conseguia descobrir de onde vinha o amor da sua vida. Por isso, Racher decidiu seguir o caminho mais fácil. Libertar todo o seu ódio e tornar-se um psicopata sangrento.


-Boa tarde", disse ele hesitante ao caixa de uma loja de departamentos, enquanto passava uma balaclava fria do tipo que os motociclistas costumam usar pela faixa. O caso é que Herny era muito tímido com as mulheres, aos 35 anos nunca tinha tido intimidade, muito menos beijado, e não era que ele não fosse atraente, mas aparentemente ele tinha descoberto que tinha um apego evitativo ou algo assim, pois tinha medo de se comprometer e coisas do tipo.

Vinte e três e noventa e oito", disse a caixa enquanto passava a pistola e registava o preço.

Antes de Ivi o ter traído, ele sempre quis ter encontrado o amor da sua vida de uma forma ideal como nos filmes, mas que mais se pode esperar. É assim que as coisas são.

-Vejo que vão fazer uma excursão", diz a mulher de cerca de 45 anos. Embora ela não fosse nada graciosa, devido à sua baixa autoestima, ele sentiu-se extremamente corado por a ter a meio metro de distância.

-Porque é que dizes isso?", respondeu ele, murmurando um pouco por causa do nervosismo.

-Por causa dos sapatos de caminhada.

Ele pensou por um momento, depois abanou ligeiramente a cabeça em sinal de concordância.

-Não, só os compro para fins profissionais.

- Ah", exclamou ela com um sorriso caloroso e sincero.

-Bem, por tudo serão 150 dólares, senhor.

Depois de pensar por um segundo, Herny pagou. Costumava andar sempre com o dinheiro na mão, não perdendo tempo a evitar todas as atenções sobre a sua pessoa, especialmente quando era do sexo feminino.

Mas, uma vez ultrapassados esses momentos embaraçosos, a personalidade malévola de Herny veio ao de cima.


-Ouve, Herny, tu terias matado aquela cabra, não terias? -Herny abanou a cabeça como se tentasse livrar-se daquele maldito demónio que o levava a ter pensamentos homicidas. E a Ivi era a culpada, dizia uma vozinha dentro da sua cabeça.

Para dizer a verdade, Herny nunca teve uma personalidade agressiva, então, pensando logicamente, ele estava um pouco preocupado com o que se passava em sua mente. Mas é que o ódio estava dentro dele de uma forma incontrolável, e ele queria colocá-lo para fora. É como se o Herny fosse o lado positivo, mas o Racher estivesse a tentar ofuscá-lo.

Nessa manhã de setembro, dirigiu-se a mais algumas lojas para se abastecer daquilo a que, de alguma forma, chamava "ferramentas de trabalho". Sabe-se que parou numa loja de ferragens para comprar um martelo, um conjunto de alicates e algumas correias. Dir-se-ia que se estava a preparar para um trabalho especializado. Mas não estava. Desde os 17 anos, Herny sempre trabalhou de forma irregular em trabalhos não especializados. E desde que os pais morreram, há cerca de cinco anos, deixou de trabalhar e vivia de um pequeno negócio automatizado na Internet que tinha aprendido, pelo que ganhava dinheiro suficiente para não ter de mendigar.

Durante a sua juventude, tinha sido financeiramente precário porque não durava muito tempo nos empregos devido à sua baixa autoestima, etc. Sempre quis provar aos seus pais que era capaz, mas nunca o conseguiu.

-Herny, estás a ouvir-me (risos sinistros), vais deixar que a tua alma se desfaça em pedaços por causa dessa cabra que te magoou tanto, ou vais continuar a amá-la em silêncio como um falhado? (risos sinistros) -Vamos! não sejas cobarde, tens de sair para fazeres o que eu te digo, vamos! confia em mim. Ele repetia estas palavras vezes sem conta, em loop. Herny não queria fazer nada. Apesar de não ter muitos motivos para viver. Já não tinha uma família com que se preocupar, nem namorada, nem amigos ou conhecidos na cidade onde vivia. A maioria das pessoas da idade de Herny já tem uma família com filhos e, tanto quanto podem, são estáveis, mas Herny, com os seus problemas emocionais e outras coisas, não era. Mas ele já tinha um parceiro que estava ativado desde o momento em que foi trazido para a sua realidade.

- Não sei o que se passa comigo", sussurrou para si próprio por entre os lábios, como se, de alguma forma, tivesse cuidado para que ninguém o ouvisse para além do seu alter ego.

Olhou para o fundo da pequena sala onde estavam os sacos que tinha comprado. A sua pele arrepiava-se só de pensar no que aquela vozinha dentro dele tinha andado a fazer, a exigir justiça.

-Eu nunca vou fazer nada, nunca. Não, não, não quero ir para a prisão. -disse para si próprio várias vezes. Há dias que estava ativado na sua mente, e ele lutava constantemente para evitar que saísse e o possuísse.

-Porque é que estás a resistir, Hérnia? ouviu-se de novo a vozinha interior quando ela acordou da sesta.

-Deixem-me em paz, não vou fazer nada, não sou maluco.

No momento em que estava a lutar contra os seus demónios, o vício da conversa levou-o a ligar-se, e lá estava o Nick camuflado que ele sabia ser ela a namoriscar com várias pessoas na sala. Naquele momento, a realidade atingiu-o realmente. Ela tinha estado desaparecida durante os últimos três anos e, quando ele a confrontou, recebeu um balde de água gelada. Na sua mente, ficaram como um loop estas palavras de uma mensagem privada na sala de chat: "Desculpa Herny, nunca te vi como namorado, todos estes anos só te vi como amigo, não queria que tivesses esperanças, já tenho um filho, vejo a vida de outra forma, amadureci. Vivo como um casal, não me procures mais, não me dediques canções subtilmente, isso incomoda-me, tudo isso são apenas memórias. Quero entrar no chat, mas não me assedies. Tu és como uma sombra e eu quero que me deixes em paz".

Quando Herny terminou de ler aquelas linhas escritas por ela, sentiu uma tempestade tumultuada dentro de si. Um profundo arrependimento invadiu-lhe o coração e, com um amargo ressentimento no seu ser, agarrou no computador e atirou-o com raiva contra a parede. Era inaudito, nunca antes em toda a sua existência tinha experimentado uma explosão de raiva tão violenta. Nesse instante, deixou emergir totalmente o seu alter ego sombrio, desbloqueando um lado perverso de si próprio que lhe ditava ordens macabras.

-Vês como é fácil! Não te vou fazer mal Herny, comparado com todos os malditos amigos, nunca te vou fazer mal. Pelo contrário, serás meu amigo. -sussurrou mais uma vez aquela vozinha diabólica.

-Acho que tens razão", respondeu o pobre Herny. -Todos sempre me humilharam. Lembro-me na escola e nos trabalhos. Enquanto dizia tudo isto, o seu coração apertava-se dentro dele. E o ódio e a destruição podem sempre vir de um coração nobre. De uma alma magoada. E foi o que aconteceu com o Herny.

Depois de semanas a planear o seu modus operandis, Herny arrumou o seu Camaro de 1966, que tinha comprado por um preço razoável, e partiu em busca da sua primeira presa.

Passava a maior parte da noite a vaguear pelas ruas secundárias à espera de uma vítima feminina solitária e, quando parecia que não ia ser uma boa caçada, o destino ou o karma punha uma à sua frente.

-Olá", saudou ele de dentro do seu Camaro silencioso. A rapariga ignorou-o com um olhar vazio no rosto enquanto acelerava o passo na rua solitária com os seus faróis a tilintar.

-Ei, rapariga, posso dar-te uma boleia", levantou de novo a voz. Até o próprio Herny ficou surpreendido por não se sentir nervoso ao cortejar uma rapariga. Mas, evidentemente, era a sua personalidade maléfica que estava a tomar conta dele.

A rapariga respondeu um pouco irritada, mas não parou.

-Não obrigado, a minha casa é ao fundo desta rua.

Então Herny pisou no acelerador. Ele sabia que não havia casas perto do fim daquela rua, por isso planeou rapidamente algo e decidiu-se. Virou numa rua à frente, onde havia um poste de iluminação a tilintar. E fez de conta que estava a retirar-se a toda a velocidade. A garota não suspeitava do que estava por vir. O Herny desceu do carro com uma marreta comprida e, quando a rapariga se aproximou da berma para virar para outra rua, o Herny saiu para o lado e deu-lhe logo um forte golpe com o cabo da marreta, e a rapariga desmaiou.

Com o coração aos saltos, carregou apressadamente a carroçaria e meteu-a no Camaro. E carregou no pedal do acelerador até ao metal.

Enquanto conduzia, Herny não acreditava no que estava a fazer, as suas mãos pingavam de suor no volante. O que faria ele se a polícia o apanhasse, ficou paranoico. Mas o seu grande amigo confortou-o.

-Vamos, Herny! Deixa de ser cobarde, ninguém te vai impedir. Vira à esquerda e toma as ruas que nos levam a casa. E assim fez. Durante a marcha, a rapariga não acorda.

-Ela está morta. - perguntou ele. O seu alter ego não respondeu, apenas não saía quando queria.

Na mente caótica de Herny, ele vinha criando cenas perturbadoras de como faria justiça. Tinha comprado todo o tipo de ferramentas semanas antes. Queria infligir o máximo de dor possível às suas vítimas, especialmente às mulheres ou aos jovens casais que se amavam.

A imagem de Ivi e da sua traição estava tão viva na sua mente que tudo o que lhe interessava era transfigurar o seu ódio em sangue e dor. Na sua mente, ele só queria aniquilar todos aqueles que eram felizes no amor.

**Dias depois**

Vês, Hérnia, não foi assim tão difícil, pois não? Estou a reparar que até gostaste da forma como ela gritou e implorou por perdão, lembras-te?

-Sim. murmurou ele, abanando imediatamente a cabeça ligeiramente. Herny estava um pouco fora de si enquanto olhava para os noticiários que diziam: "Uma rapariga de 21 anos está desaparecida, as suas feições e a sua fotografia estão no ecrã... se souber de alguma coisa, ligue...".

-Eles nem sequer imaginam onde está a verdade, meu amiguinho. -A vozinha diabólica voltou a sussurrar.

Herby passou as mãos pela cabeça como se tentasse sair do maldito pesadelo, embora, para dizer a verdade, fosse tudo muito real. Abanou ligeiramente a cabeça e bebeu alguns goles de Heineken.


**Semanas depois**

Quero voltar a fazê-lo", disse um dia, de repente, com uma decisão que surpreendeu até o seu alter ego.

-O que é que disse? Gostaria de pensar que está a brincar. É demasiado cedo, não achas?

Acho que não - disse Herny em resposta. -Eu não te contei, mas... eu sentia prazer quando ela gritava, chorava de dor e implorava por perdão. Naqueles momentos, eu via o rosto de Ivi enquanto ela se contorcia e implorava por misericórdia, mas sabe...? Ainda ele não tinha acabado de dizer esta oração quando a vozinha o interrompeu com:

-Tens razão, Herny, é assim que eu gosto. E quando é que queres voltar a fazê-lo? Vejo que durante anos quase não saíste à rua, lembras-te? passaste meses sem sair da porta da tua casa que dava para a rua por pena dos teus vizinhos, e agora queres....

Herby acenou com a cabeça, - mas isto é diferente, só vamos sair à noite quando fizermos isto. Quero uma mulher com as características da Ivi, embora não saiba se vamos conseguir encontrar uma", disse ele e depois olhou para o telemóvel e viu uma fotografia dela, que embora não pudesse confirmar se era mesmo a Ivi, mas o ódio que sentiu ao ver aquela fotografia fê-lo morder os lábios de raiva. Era uma rapariga de cabelo preto encaracolado, possivelmente latina da América do Sul ou

Central. Tinha um corpo de sereia, embora não fosse tão graciosa de rosto, mas encaixava no perfil de uma rapariga exótica.

Eu disse-te, Herny, para não te apaixonares. Foi por isso que fugiste da rapariga gorda, não foi? Não querias voltar a sentir rejeição... querias esquecer aquela cabra", questionou o seu alter ego. Herny não disse nada. Embora, no fundo, sentisse algum amor por aquela mulher gorducha, apesar de ela não ser tão graciosa e de os seus bons anos terem ficado para trás, sentia realmente afeto por ela. Mas, por causa do ódio que sentia, preferia manter-se afastada e não a magoar de forma alguma.


**Uma semana depois**

-É perigoso, Herny, não faças mais isto", disse o seu alter ego um pouco preocupado, "queres ir para a prisão? Eu não toleraria muito o confinamento", acrescentou. Herny não disse nada por um segundo, mas depois disse.

-Agora és tu o cobarde, teu amiguinho,

-Não é isso", respondeu a vozinha, "mas tu enlouqueceste, Hércules, seis mortos num mês... a polícia deve estar por perto, há indícios do teu ataque... desde que começámos, há cerca de 12 meses, já tiveste mais de 20, e isso não é normal", disse ele.

-Claro que sei, mas nunca pensei que se tornasse um vício", respondeu ele. Além disso, acho que não vamos ser apanhados. Já te disse. Nunca vou para a prisão. Foi por isso que comprei aquele 38 super que está em cima do armário, só para o caso....

-Sim, sim, mas..." a vozinha fez uma pausa diante da perspetiva da realidade do auto-suicídio se fosse apanhada, ela sabia que Herny estava a ir longe demais, e não importava se ela se escondia na sua mente para o apaziguar. Herny já estava cheio de ódio. Ele só queria aplacar sua amargura durante a tortura de suas vítimas. Ele só queria ver sangue e ouvir as súplicas e gemidos de suas vítimas debaixo do porão. Uma cave rusticamente preparada, escavada debaixo da terra, com um velho candeeiro a petróleo a iluminar o local estreito. E cada vez lhe era mais impossível controlá-lo.

No meu caso, atenuei o ódio, a justiça que a cadela merecia era suficiente, devias acalmar-te. Eu, pelo menos, não vos incomodarei durante muito tempo.

-Não," gritou ele num tom determinado. -Eu quero encontrar a Ivi, mas a cabra é esperta. Está sempre a identificar-me na sala de conversação, por isso é impossível obter informações dela, para a encontrar. Além disso, pelo que ela me disse, vive num casal, notei que também mudou de mentalidade, mas juro que vou acabar com ela.

Depois de escrever isto no seu diário, Herny foi encontrado morto a 11 de junho de 2007 na sua casa do lago. Segundo a autópsia: overdose de metanfetaminas. Parte desta história foi encontrada no seu bloco de notas.

De acordo com a Procuradoria-Geral da República, não se sabe quantas mortes causou, porque o caderno e as notas de Herny Racher apenas indicam sete. Felizmente, a mente de Herny foi desligada e ele está melhor. Uma vida que não podia ser feliz e em vez de escolher o bem: escolheu o caminho da auto-destruição,

# Capítulo 11

# Cabeças de porco

-Vamos lá! Vamos lá! Raios partam, vamos lá! - ouve-se um homem a resmungar desesperadamente no meio de uma estrada deserta e poeirenta. A deduzir daquele lugar afastado da cidade: algo se passava e não era normal, a julgar pelos movimentos erráticos daquele homem e pela forma como a sua companheira se virava para todos os lados.

Depois de menos de um minuto de manobras e de não conseguirem levar a sua avante naquele velho sedan de 1975, deram rapidamente meia volta e dirigiram-se para trás, através das grandes fileiras de milho que cobriam a área.

- Meu Deus, estou assustada, Sam", disse ela baixinho. Ele olhou para ela enquanto caminhava firme mas lentamente, segurando uma pedra por precaução.

-Silêncio, Susy. Acho que não vai demorar mais de duas horas e o sol vai-se pôr, e vai ser a nossa hora", respondeu. -Mas... é melhor esperar daquele lado, atravessamos este milheiral e esperamos à beira daquela estrada de terra", acrescentou. Ela acenou com a cabeça.

E foi o que fizeram. Imediatamente após terem percorrido pelo menos dois quilómetros de uma ponta à outra do campo, foram bruscamente interrompidos por uma cena macabra.

-Susy, olha! -exclamou Sam, apontando para o lado do meio da estrada.

-Oh, o que é aquilo? -disse ela baixinho, tapando a boca para não dar um grito de terror.

-Ele é um homem partido quase em dois pedaços. -Sam sussurrou.

-Não quero morrer. -acrescentou ela entre soluços silenciosos.

-Desculpa, Susy, a culpa foi minha por me ter desviado daquela estrada, só queria um pouco de aventura.

-Eu sei, querida, já não importa.


Sam e Susy eram um jovem casal com menos de 30 anos que estava a passar, como todos os casais após quase três anos de casamento, por problemas talvez causados principalmente pela monotonia. Por isso, Sam decidiu dar um segundo fôlego a si próprio e pôr as coisas no lugar. E nada melhor do que uma viagem juntos, longe da maldita cidade.


-Aqueles sacanas cortaram os fios do carro lá atrás", disse o marido de repente a Susy, que estava um pouco fora de si. -Aqueles sacanas, quem são eles? -voltou a falar.

-Não sei Sam, mas eles assustam-me, quase fomos apanhados nesse há umas horas atrás.

-Silêncio. Ordenou-lhe, quando, do lado esquerdo da estrada, saíram da zona arborizada três tipos altos, com mais de um metro e oitenta, com máscaras de porco horripilantes, aparentemente feitas de forma rudimentar com o couro verdadeiro de não sei o quê. Cada um deles tinha facas compridas na mão e, para deduzir: vinham buscar o cadáver de um homem branco que jazia ali, cortado quase ao meio. A sua cabeça olhava na direção da dupla, com os olhos quase a saltar das órbitas.

- Não te mexas, por amor de Deus, querida", ordenou-lhe novamente o marido. Ela engoliu e acenou com a cabeça.

Sam estava imóvel, mal respirava, e estavam a apenas sete metros de distância do local onde os homens pararam para arrastar o corpo, provavelmente arrastando-o para longe.

-Calma amor, isto é real, não é um sonho, por isso não faças nenhuma loucura. Ela acenou de novo com a cabeça. No fundo, ela queria gritar e acordar deste maldito pesadelo. O facto é que Sam tinha originalmente planeado viajar 150 quilómetros a leste de Massachusetts para ir a Parraut, nas montanhas, mas misteriosamente o mapa que comprou numa banca barata levou-o a outro lugar desconhecido. É por isso que ele pode ter-se desviado quando se sentiu perdido.

Depois de uma hora de espera, o sol começou a pôr-se a intervalos, o facto é que era desesperante, tinham de sair daquele local descendo a estrada de terra batida, como os rapazes tinham subido. O facto é que tinham de avançar e sair daquela zona onde estavam aqueles malditos cabeças de porco.

- Susy, temos de ir para o outro lado desta vedação de arame farpado, anda! Eu ajudo-te primeiro", disse ele depois de caminhar cerca de 30 metros pelo milho à frente, onde decidiram sair.

Não tinham decorrido mais de cinquenta metros quando uma seta trespassou com tal violência que atravessou o olho direito de Susy e ela caiu mole ao lado de Sam. Sam virou-se imediatamente para trás e, de facto, lá estavam três enormes tipos com cabeça de porco. Um deles segurava um arco na mão, que parecia ser feito de ossos humanos. Sam sentiu-se morrer por dentro, o que podia fazer, pensou, fugir? Mas se aqueles tipos eram muitos, aparentemente", não eram os mesmos que ele tinha visto horas antes na estrada. De certeza que já o tinham na mira. Mas o instinto de sobrevivência é mais forte, por mais que se tenha consciência de que não se tem qualquer hipótese.

Sam também não era nenhum prodígio atlético, embora tivesse ganho alguns torneios de luta livre no liceu, mas sabia que isso não o ajudaria contra tais mastodontes. E então estes psicopatas começaram a mover-se lentamente. Sam estava congelado, não sabia o que fazer, nem tencionava fazer nada. E então o impensável aconteceu. Ele caiu de joelhos e se resignou a morrer...

O corpo da Susy estava deitado de barriga para baixo, com muito sangue por todo o lado. Ele virou-se para olhar para ela e depois reparou numa coisa, que ela estava a respirar.

-Como é que isto é possível? - sussurrou ele. Então ela virou a cabeça na direção dele. Sam ficou assustado e deu um pulo de susto. Perante tal cena, Susy começou a gargalhar e os sujeitos pararam de andar na direção deles.

- Que raio se está a passar, Susy? -Sam gaguejou, e não terminou a frase com desânimo.

Para seu espanto, a Susy sentou-se e, aparentemente, a seta era falsa e não lhe tinha magoado o olho.

-O teu olho está ótimo! - exclamou ele, com tal espanto que pensou que estava a delirar. Depois, a Susana dirigiu-se para os cabeças de porco sem qualquer receio. Depois, pôs-se à frente deles e começou a cacarejar de forma diabólica. Os cabeças de porco começaram a rir com ela. E então aconteceu que, do lado da estrada da montanha e do lado do milheiral, começaram a sair mais homens cabeças de porco.

Quando todos acabaram de sair. Susy gritou com uma voz baixa e rouca: "Sam, Sam, Sam, nada pessoal, querido, mas....

Sam interrompeu-a com:

- Diz-me o que se passa aqui Susy? É uma piada... Eu mereço uma explicação. Isto não é a merda de um sonho.

-Não Sam, não é uma piada, também não é nada pessoal, mas é a vida. Foste vítima das circunstâncias.

-De que é que estás a falar?

- Sam, eu nunca te amei. A minha vida foi sempre aborrecida na cidade e todos esses disparates. Quando te conheci, sempre gostei muito de ti, mas casei contigo por dinheiro, sabia que tinhas um negócio e tudo, e queria torná-lo legalmente possível, normal. Mas já estou farta, o meu verdadeiro amor é este tipo que está comigo", disse ela, apontando para o homem de cabeça de porco que estava do seu lado direito. Nesse momento, Sam sentiu uma punhalada na sua alma, como é que isso era possível? Perguntou a si própria uma e outra vez.

Diz-me que isto é uma piada, por favor, Susy! Estamos juntos há quase três anos, até planeámos um bebé para o ano e tu, e tu estás a brincar com isto.

-Sam, desculpa, querido, mas tu não és nada para mim, tive nojo de partilhar a cama contigo. Por isso, como é que eu hei-de dizer, não é nada de pessoal", repetiu Susy enquanto sorria subtilmente com uma careta sombria. -Olha, quando te vi naquela fotografia há três anos", disse eu, "ele é solteiro, e por isso planeei tudo, sabia que se tu morresses, eu ia ficar com tudo.

-És uma cabra de merda. -gritou Sam com raiva quando soube que, há onze meses, tinha assinado que todos os bens materiais passariam para a sua mulher em caso de morte.

-Sam, bem, não tornes isto ainda mais complicado, porque se irritares um dos meus rapazes vais arrepender-te. -respondeu ela a brincar.

Depois de dizer isto, Susy dirigiu-se a uma grande árvore atrás dela e sentou-se imediatamente com o seu homem de cabeça de porco. Depois, os outros homens mascarados começaram a aproximar-se lentamente de Sam.

Os gritos de terror ensanguentado de Sam podiam ser ouvidos ao longe, enquanto ele era literalmente esfolado, depois lentamente empalado por um grupo e colocado num pequeno altar de uma coisa disforme e blasfema.

De facto, o grupo começou a dançar à volta de um deus feito de madeira e coberto de peles humanas... algo grotesco, como se este grupo de homens com cabeça de porco fizesse parte de uma seita perversa e maldita. E depois Susy pôs a sua máscara de porco e começou também a dançar à volta do corpo mutilado do marido.

# Capítulo 12
# A sombra

O que é aquilo lá fora?", perguntava-se Jack vezes sem conta naquela cabana solitária no meio da floresta. Tinha alugado uma cabana para um mês longe do seu país, queria afastar-se da sua empresa em Nova Iorque durante algum tempo. Gostava da solidão e já tinha feito dezenas de vezes este tipo de aventuras pelo mundo fora. Sobretudo na Ásia, mas desta vez a leste da Escócia. Na zona de Radiu, uma área ainda pouco explorada, mas com algumas cabanas ao longo da reserva pertencentes à Wilicon Companie, uma empresa imobiliária que tivera a clarividência de alugar essas cabanas a pessoas abastadas, especialmente para usufruto solitário. Normalmente estavam desocupadas nesta altura do ano em que Jack ia.

Jack era conhecido por ser um homem que não era imprudente. Tinha nervos de aço, mas aqueles ruídos estranhos no exterior daquela cabana de cinco por quatro metros atormentavam-no. Não sabia o que raio se passava; segundo a empresa, não havia animais perigosos para além de guaxinins e afins. Mas o que mais o assustava era quando os ruídos começavam e a luz eléctrica começava a tilintar, para se apagar completamente alguns minutos depois.

Pôs uma pesada mesa de café junto à porta e, na janela, colocou uma pequena secretária, para o caso de ser necessário. A cabana ficava no cimo de uma pequena colina, aninhada entre árvores e ramos densos. Na sua mente, Jack não conseguia imaginar quem poderia estar a tentar entrar a uma hora destas. Na sua mão, tinha um candeeiro que, por acaso, também estava a falhar. A única arma de que dispunha era uma pistola de pólvora seca que trazia consigo e que era a única coisa que lhe era permitida de acordo com os protocolos de segurança da empresa.

A sua mente foi bombardeada com maldições, pois depois de sete dias maravilhosos naquele lugar, após aquele incidente, estava a começar a tornar-se um maldito pesadelo. Felizmente, Jack não estava nervoso e conseguia manter a calma até agora. Por isso, tudo o que podia fazer era esperar e guardar a arma vazia para o caso de um ladrão tentar entrar.

Na sua mente, a viagem era para manter a mente concentrada nos seus projectos e não morrer de stress. Jack, de 45 anos, era um empresário de sucesso numa empresa de energia que trabalhava com o governo. Com um volume de negócios anual de mais de 400 milhões de dólares, Jack era muito rico na altura, e especialmente ocupado, mas arranjava sempre tempo na sua agenda para estas viagens longe da azáfama de tudo. Sempre desfrutou de duas semanas tranquilas desta forma. A sua família conhecia a sua rotina anual, por isso não se preocupava com a sua segurança nestas viagens. E sabia que estaria sempre bem onde quer que fosse.

Os ruídos começaram a diminuir gradualmente. Jack acalmou-se um pouco, embora na sua mente continuasse a pensar que a forma como os ruídos eram produzidos era sistemática, pelo que não podiam ser ursos ou qualquer outro animal de quatro patas capaz de o fazer, uma vez que não havia nenhum naquela zona. Portanto, quem quer que fosse o gerador daquela força ruidosa que tentava abrir a porta daquele sítio: era de origem humana.

Apesar do seu cansaço e de apenas três horas de descanso, mantém-se acordado, atento à possibilidade remota de a causa do mistério regressar.

Por volta das três horas da manhã, para alívio de Jack, a luz regressou inesperadamente, sugerindo que o seu receio de intrusão humana era mais um produto da sua própria paranoia. Agora, com todos os serviços restabelecidos, considerou que tinha sido vítima de uma simples pareidolia mental, embora acabasse por se retificar e perceber que era real. Sem perda de tempo, decidiu telefonar rapidamente para a operadora da empresa.

"Peço desculpa por a incomodar, menina. Creio que fui acordado por pessoas há algumas horas. Gostaria de saber se é alguém do seu pessoal", disse Jack educadamente ao telefone.

O operador, agindo prontamente, fez algumas chamadas para confirmar rapidamente que não se tratava de um membro do pessoal da empresa, sugerindo que poderia ser uma atividade animal, como texugos ou corujas.

Desculpem, mas o que eu vi não pode ser produto de um animal de quatro patas ou de um pássaro. Alguém tentou abrir a porta, até o puxador estava a mexer. Sabemos que nenhum animal é capaz de fazer isso, a não ser que sejam macacos, mas não estamos em África; estamos na Suécia, onde esses animais não existem.

-Compreendo, Sr. Jack Ramsin. Dentro de meia hora enviaremos um técnico de manutenção à sua cabina. Por favor, aguarde pacientemente e peço desculpa por qualquer incómodo causado", respondeu o operador com uma nota de tranquilidade.

Está bem", respondeu o empresário, sentindo-se um pouco mais calmo.

Jack pegou num livro que costumava ler, intitulado "Overcoming CEO Challenges". Abriu-o com a intenção de passar o tempo, começando a ler as suas páginas. No entanto, enquanto tentava devorar a primeira página e passar à seguinte, as suas pálpebras começaram a fechar-se gradualmente até que finalmente caiu num sono profundo.

### 30 minutos depois

"Sr. Jack Ramsin, olá. Boa noite. Chamo-me Bob, sou o técnico de manutenção. Estou aqui para ver qual é o problema que está a ter", disse o técnico ao chegar à porta.

"Mas que raio!", exclamou o Sr. Jack, surpreendido, enquanto saltava da cama e ia abrir a porta. Ao abri-la, não encontrou nada lá fora e exclamou para si próprio: "Mas o que é que se passa?" Ao olhar de relance à sua volta, tudo parecia escuro e o seu instinto dizia-lhe que algo se escondia na escuridão. "Olá, Sr. Técnico, está por aí?"

No entanto, com o seu instinto a pedir-lhe que fechasse rapidamente a porta, recebeu uma pancada e tudo ficou escuro.

### *Meia hora depois*

Jack abriu os olhos lentamente, recuperando a consciência. Uma voz áspera e rouca ecoou do fundo da sala, claramente a voz de um homem.

-Jack sentia-se atordoado, apesar de terem passado pelo menos 20 minutos desde que tinha sido atingido. -Quem é o senhor? -perguntou Jack, enquanto era amarrado de pés e mãos a uma cadeira. Quando se apercebeu da situação, entrou em pânico, sem saber o que estava a acontecer.

-Exijo que me libertem! Quem são vocês? -gritou Jack, visivelmente perturbado.

A voz sombria respondeu: "Sr. Jack Ramsin, esperei tantos anos para que fizesse isto....

O empresário não se conteve e respondeu: "De que é que está a falar?" Quando percebeu que se tratava do técnico de manutenção da empresa, a sua fúria intensificou-se ainda mais.

"Se eu sair daqui, não só perdes o emprego, como vais para a cadeia por..." Jack começou a ameaçar, mas foi interrompido pelo homem barbudo, que aparentava ter uns trinta anos, mas parecia mais velho devido a uma queimadura na cara e a uma vida provavelmente difícil.

"Tenha calma, Sr. Jack", disse o homem. Então o técnico soltou uma gargalhada que ecoou pela sala, mas parou abruptamente, o seu rosto transformando-se numa expressão séria e cheia de ódio.

"Lembra-se, Sr. Jack, da empregada de há mais de 20 anos e do rapaz a quem atirou água a ferver por tentar defender a mãe", disse o homem, levantando-se lentamente. O rosto de Jack passou de uma carranca a um medo terrível. Era uma clara lembrança do seu passado sombrio.


"Jack conseguiu dizer algumas palavras antes de parar, e o técnico acenou com a cabeça. Depois, soltou uma gargalhada.

"Sabe, Sr. Jack, quando assassinou a minha mãe, cometeu um erro ao deixar-me vivo", disse ele com um riso. "Ainda me lembro quando atirou o corpo da minha mãe por aquela ravina abaixo e me deixou com a cara queimada pela água no centro da cidade. Mas pensaste que eu ia esquecer tudo, não só as humilhações que infligiste à minha mãe e as violações. Agora chegou a hora de pagar, e acreditem, o técnico não sou eu... esse indivíduo já morreu".

O rosto de Jack estava encharcado de suor enquanto o medo se apoderava dele ao contemplar a malícia no rosto do homem. A tortura que o esperava era indescritível. O homem abriu uma caixa cheia de vários objectos especialmente concebidos para a tortura.

"Então vamos lá começar, Sr. Jack. Acho que lhe vou fazer uma pedicura e depois vou mudar-lhe os dentes...", disse ele ao aproximar-se.

Obrigado

9 798822 330261 2